L'ESPRIT DU SIÈCLE.

Paris.—Typ. de Appert Fils et Vavasseur, pass. du Caire, 54.

L'ESPRIT DU SIÈCLE

ET

LES CHEVEUX BLANCS

DE

BÉRANGER.

PAR

ÉMILE FROSSARD.

EN VENTE, PASSAGE JOUFFROY, N° 7 ;

Chez MM. GARNIER Frères, Palais-National, 215 ;

Et chez les principaux Libraires de la Capitale.

1850.

L'ESPRIT DU SIÈCLE

ET

LES CHEVEUX BLANCS DE BÉRANGER

—◄●►—

I.

... L'heure passe. Le poète meurt, et sur sa trace chaude encore, l'avorton chétif effeuille les guenilles d'une poésie échevelée, pourpoint décousu dont vingt lambeaux d'étoffes différentes ont paré le bizarre assemblage. Le poète meurt, et sa large inspiration découpée en mille têtes, devient l'héritage de mille voleurs qui font de sa pensée une propriété héréditaire. Le domaine du grand seigneur, pillé par le vandalisme des paysans, a donné des fleurs à tout le village, des fruits à toute la province, et chacun se disputant un rayon de soleil sur la page du maître, regarde bientôt cette page comme la sienne, y couchant orgueilleusement son nom, de sorte que si l'ombre de l'artiste venait redemander au peuple le fruit de ses veilles, le compte de ses œuvres, elle ne trouverait plus dans la plaine qu'elle a fleurie qu'un cadavre disséqué par le plagiat, qu'un tronçon dont les membres épars semblent se raidir sur le bûcher des contemporains, dans le galimatias du siècle.

Chaque fleur avait sa goutte de rosée. Chaque insecte a pompé l'eau dans le calice, et la profanation desséchant le style du créateur, a fait de ces tiges innocentes et parfumées un bouquet oublié, une rose ignorée qui n'a plus de parfum parce qu'elle a donné son parfum aux papillons du siècle.

O mes frères, vous qui avez rêvé la gloire dans un grenier sans nom, dans un hôpital sans cœur, dans une prison sans âme, vous qui, dans l'abnégation de votre vie, avez souffert mille morts plutôt que de suicider l'étincelle du génie, l'inspiration de l'art, vous qui émiettez une ration de pain noir avec le bec d'une plume saignante de douleurs, et trouvez au cœur de ce pain assez de force, assez de résignation, assez de religion pour vivre, écrire et prier Dieu, vous qui, brisés par l'égoïsme des hommes, meurtris par la haine de quelques-uns, écrasés par la jalousie de quelques autres, incompris par l'égoïsme de tous, avez fait de votre pensée un holocauste à des chartes impies, et de votre âme le flambeau de l'avenir, vous tous enfin qui, vraiment poètes, n'avez pu demander votre écho aux échos de la renommée, venez apprendre de moi à déchirer vos manuscrits, à brûler vos œuvres, à anéantir votre pensée, afin qu'à votre lit de mort, sur vos haillons poudreux, sous votre manteau troué, entre la pauvreté du dehors et la richesse du dedans, les mendiants du siècle ne viennent pas s'attabler au banquet de votre intelligence, de cette intelligence qu'ils assassineraient lâchement comme ils ont tué la vie, si le philosophe ne mourait en héros, le pied sur le monde, la main sur le cœur, l'œil sur l'immortalité!...

..... O Gilbert!... pauvre Gilbert!... enfant de l'oubli et du mépris, poète agonisant sur un lit de pitié, à la charge d'une sœur endormie et d'un médecin illétré ; Gilbert, pauvre homme et noble cœur!.. tu avais deviné la pensée de ton siècle, alors qu'à ta dernière heure, à ton dernier vers, le plus puissant et le plus éloquent de tous, tu fis de ton corps le cercueil de tes œuvres, alors que tes clefs ensevelies dans la cavité de tes entrailles, protestèrent contre le viol de la tombe! Car la tombe fut violée, et ceux qui n'avaient pas voulu t'étudier pendant ta vie ouvrirent ton cœur après ta mort.

La borne sur laquelle tu étais tombé expirant, ensanglanté par l'égoïsme du siècle, était encore debout ; le lit sur lequel on t'avait couché entre l'orphelin et le vagabond, ce lit de paille, béant, attendant une nouvelle plaie ou une nouvelle victime, était encore chaud de ton étreinte et brûlant de tes larmes, ton linceul n'était pas encore couvert de boue et de pous-sière, et déjà les Juifs de la chrétienté avaient dé-pouillé la chasteté de ta jeunesse, l'innocence de tes rêves, la gloire de ton génie, et déjà les admirateurs de ta pensée te donnaient les palmes du martyre, eux qui t'avaient martyrisé, comme si ce triomphe de ta résurrection n'eût pas été le sceau d'une réprobation divine.

Et les vautours de la littérature portaient ta dé-pouille spirituelle aux librairies étrangères, et le com-merce trafiquait de ton âme; et l'agioteur, inflexible, impitoyable, arrachait une goutte de sang de tes veines desséchées, afin d'arracher une larme à son public, et le peuple qui lit dans le passé sans com-prendre le présent, le peuple qui pleure sur tes souf-frances et nous laisse mourir de faim, le peuple qui regrette de t'avoir persécuté, et nous tue avec le pri-vilège de son insouciance, le peuple te coulait en bronze, lui, qui pendant ta vie, ne t'eût pas jeté l'o-bole du mendiant, le pain du pauvre! ..

O Gilbert!... pauvre homme et noble cœur! que ta pensée fut grande et profonde, alors que deshéritant ce peuple ingrat, tu voulus endormir tes œuvres dans un linceul..............

.... Nous aussi, poètes incompris ou trop compris, écrivains persécutés, philosophes traqués comme des bêtes fauves, libres ou sous les verroux,

nous brûlerons nos manuscrits, nous éteindrons notre
pensée, nous tuerons notre génie et nous nous en-
tasserons sous la pression des lois, sur le fumier d'une
société qui se prostitue à ces lois !

Pour nous plus d'inspiration! plus d'éclair poé-
tique! plus de pensée!... Ainsi le veut la société des
étouffeurs littéraires! Ainsi le veut la société non
moins savante des accapareurs littéraires!...

Or, les premiers qui appellent les hommes au culte
de la Fraternité étoufferont votre pensée, si vous ne
l'avez brodée sur leur canevas ; ils l'emprisonneront
si vous ne la vendez à leurs caprices ; ils la marty-
riseront si vous n'en faites l'esclave de leurs mensonges et de leur hypocrisie.

Voilà leur Fraternité!...

Rampe devant moi et pour moi, en dépit du bon
sens et de la vérité ; prostitue-toi à mes désirs les plus
insensés, à mes excentricités les plus bouffonnes, et
tu auras le droit de te coucher sur mon fumier, entre deux mouchards dont tu espionneras l'un pendant que l'autre t'espionnera! Vente de l'homme à
l'homme! Exploitation de l'homme par l'homme!
Pacte d'infamie conclu à la lueur d'une lanterne de
commissaire, au nom de cette loyale Fraternité qui
dit à l'écrivain : Suis-moi. Mesure ton pas sur mon
pas, ton regard sur mon regard, ta pensée sur ma
pensée, ou je t'égorge !.....

Les seconds...... oh! les seconds!... Ils sont dra-
maturges, feuilletonnistes, littérateurs, poètes et
grands poètes.... Ils sont tout, excepté philosophes!..

Ils se sont éveillés dans un berceau de soie, aux rayons d'un soleil qui leur promettait le baiser du matin et l'adieu du soir ; ils s'endormiront dans un sourire, dans une caresse, dans un parfum ; ils s'endormiront le doigt sur la fortune, cette mère indulgente, cette maîtresse capricieuse, ce démon de la fatalité !

Et lorsque dans le monde, ils feront claquer au-dessus de vos têtes leur impertinence littéraire, vous vous rangerez humbles et rampants, souples et vils, car ils vous feraient bâtonner par leurs laquais au nom de la Fraternité qu'ils vont mettre en scène ; et vous ne marcherez pas sur leur trace, et vous ne labourerez pas leur sillon, car de la plaine ils ont fait un enclos, et l'enclos a sa grille, et sur cette grille vous verrez écrite cette inscription jalouse :

SOCIÉTÉ DES GENS DE LETTRES. — ACCAPAREURS LITTÉRAIRES. — SOCIÉTÉ DES AUTEURS DRAMATIQUES. FOUNISSEURS BREVETÉS DU THÉATRE.

N'allez pas, rimailleur en haillons, poëte en guenilles, philosophe poudreux, n'allez pas frôler leur livrée pour les devancer d'une ligne ; n'allez pas arriver avant eux chez l'éditeur, n'allez pas proposer devant leurs plates originalités un bon petit chef-d'œuvre, bien ignoré, bien méconnu, que l'on repoussera par la seule raison que c'est un chef-d'œuvre, ou tout au moins une œuvre d'art ; leur haine vindicative vous poursuivrait dans la pieuse solitude de votre misère chaste et intelligente ; leur jalousie vous flétrirait dans votre fils adoptif, dans votre mère infirme, dans la femme que vous aimez, dans vos rêves les plus chers, dans vos affections les plus sacrées, quitte à réparer plus tard une injustice en faisant de votre fils un groom, de votre mère une servante, et de votre maîtresse une prostituée!..

Voulez-vous être épargné? mendiez un coin dans la fabrique, vendez votre plume à l'heure, de midi à minuit, deux francs cinquante centimes et le pourboire du portefaix. Digne besogne!... digne salaire!.. digne administration qui n'épuisera jamais la foire aux idées!...

Mais si vous avez la conscience de votre dignité et de votre talent, si vous ne voulez pas vous sacrifier aux exigences de la cabale, vous mourrez de faim sous la porte cochère d'un de nos grands poètes, dans l'antichambre d'un de nos Représentants, dans le couloir d'un bureau de bienfaisance, ou sous le péristyle d'un hôpital de charité.

C'est le siècle qui vous le dit; c'est moi qui vous le dis, et lorsqu'avec votre dernier soupir vous aurez vomi un dernier anathème contre ces charlatans de la pensée, lorsque vous aurez râlé votre agonie devant les physiologistes du siècle, lorsque vous serez mort, bien mort, un poète plus ou moins illustre, vêtu de noir, l'œil humide, le cœur serré, la voix grave, le ventre plein, révèlera du haut de je ne sais quelle tribune, à je ne sais quelle assemblée, que la misère vient d'étrangler une victime à ses pieds, sous ses yeux... un de ses frères d'armes... homme de lettres, comme lui..., qui n'avait pas mangé depuis cinq jours!..... depuis cinq jours!.... Et au dix-neuvième siècle, en France, à la face de la nation, à la face des hommes et de Dieu, un poète ose déclarer qu'un poète n'a pas mangé depuis cinq jours!... Égoisme et barbarie!

Honte à la nation qui a vendu sa poésie la plus sacrée au calcul économique de ses commis littéraires!

Honte à la nation qui, après avoir assassiné un cadavre, vient interroger des plaies qu'elle a ouvertes pour savoir ce que pèse une goutte de sang blanche de fiel, rouge de désespoir, folle de misère et d'agonie!...

Le grand seigneur a fait de sa boue le paravent de son égoïsme! Le grand seigneur est sourd au cri de mort, alors que la mort ne fait pas saigner son orgueil.

Le peuple a peur de comprendre. Le peuple a tant souffert! Le peuple a tant versé de larmes, que la pitié n'a pu arracher une larme de plus à ses paupières desséchées. Le peuple n'a pas compris!...

Et dans cette foule intelligente et chrétienne, généreuse et sublime, au sein de cette boue pourrie de honte et de misère, pas un homme ne s'est levé pour porter la manne de l'Evangile au poète moribond.

L'Eglise a eu ses portes de fer, la tribune ses clefs égoïstes et privilégiées, le palais sa sentinelle indomptable, la chaumière sa bourgeoisie stupide, et lorsque le malheureux a traîné son blasphème affamé sur la pourriture du siècle, il n'a pas trouvé un os à ronger ; les vautours avaient tout dévoré, et l'œil de la convoitise veillait sur l'agonie du squelette pour le dépecer en trois parts : l'héritage de la morgue, l'héritage de la voirie et l'héritage de satan!...

O père du peuple, ô Représentant du peuple sur la terre, que ta mission est grande et belle!... Emanciper les noirs, fouetter les blancs, donner un supplément de vivres à l'ours du Jardin des Plantes, refuser l'obole du mendiant à ton frère, à ton frère qui meurt de faim, à ta porte, sous tes yeux, à ton frère qui n'est pas à trois mille lieues, dans une colonie que tu ne connais pas, et que tu ne connaîtras jamais, mais à ton frère qui râle à tes genoux!...

Et voilà ce que tu ne veux pas comprendre, parce que la bienfaisance que tu exerceras à ta porte sera ignorée du peuple, parce qu'il vaut mieux, selon toi, donner cinq francs publiquement, à son de fifre et de tambour, que de donner un pain dans l'ombre à l'indigence inconnue, parce qu'enfin mieux vaut puiser dans un budget que dans sa poche, laquelle vérité est dorée sur tranche dans le portefeuille de tous les ministères!...

Je vous le dis une dernière fois, venez à moi, vous qui souffrez, vous qui avez froid, vous qui avez faim, vous, poètes déguenillés, mendiants philosophes, prophètes de Dieu sur la terre ! Venez à moi, et comme le Camoëns sauvant la Lusiade du naufrage, sauvons nos œuvres de la corruption du siècle, car nous touchons à la fin du monde.

Or, je vous le dis en vérité, pas un de vous ne sera sauvé, si tous ne sont en état de grâce et de salut.

Et pour que tous soient en état de grâce, il faut que l'autorité tendant au degré de perfection, plante à ce degré le jalon de vertu chrétienne qui doit servir de but à la société.

Il faut que la Fraternité ne soit plus un mot. Il faut que le mot devienne une pensée, et que la pensée se convertisse en œuvres.

Que celui qui a beaucoup donne à celui qui a peu! Que celui qui a peu donne à celui qui n'a point! Aide et secours mutuels.

Solidarité complète entre les hommes.

Que si l'un d'entre vous s'est égaré dans un sentier de prostitution, c'est que vous avez mal dirigé sa vie, c'est que vous n'avez rien fait pour convertir sa pensée, et vous en répondez sur votre âme comme le pasteur répond de ses brebis.

Dieu nous attend au degré de perfection, et le bonheur promis ne sera donné à tous les hommes que lorsque tous les hommes, solidaires les uns des autres, avec l'aide réciproque et le secours mutuel, seront arrivés à un foyer de lumière qui brûlera la corruption des siècles.

Rallions-nous donc, ô mes frères! bas l'égoïsme! bas la jalousie! bas la haine! bas l'ambition! bas la cupidité! bas les passions qui nous avilissent en dégradant notre humanité!

Comme le Christ, traînons notre croix! comme le Christ, portons notre couronne d'épines! comme le

Christ, attendons la régénération du monde! Et lorsque l'heure aura sonné, lorsque l'ère des vieilles sociétés s'écroulera devant l'édifice d'une société nouvelle, alors, à nous le monde, ouvriers de la pensée!.. à nous le monde, littérateurs dévoués et consciencieux! à nous le monde, poëtes incompris et méprisés! Nous nous ferons les apôtres du Christ, et nous nous vengerons en portant l'homme à la connaissance du bien et du mal!...

Mais ce règne ne sera pas le règne de ce monde!..

Ce sera le règne de Dieu !............................

....

....

Consultez le siècle. Cherchez dans la limpidité d'une atmosphère sans nuage l'apparition d'un météore nouveau, le cours d'un astre improvisé, la chevelure vagabonde d'une comète enflammée; voyez dans l'uniformité du mouvement planétaire ce cours irrégulier, mais audacieux, cette marche indécise, mais forte comme le pas d'un géant. On dirait d'un roi qui se promène parmi ses sujets. On dirait d'un soleil qui va remuer du doigt la poussière de nos mondes pour faire jaillir du cœur de cette poussière une idée nouvelle, un évangile nouveau!...

Et les peuples de regarder le ciel avec stupidité, avec superstition, avec idolâtrie! Et les peuples de ne pas comprendre que sous l'influence de cet astre, marche un nouveau né, poëte de l'éternité, évangélisateur des mondes, prophète de Dieu!

Ce n'est pas assez d'un éclair. Ce n'est pas assez

d'un avertissement. Il faudra que le tonnerre parle à leurs sens pour que le doute commence à croire, pour que l'irréligion se convertisse à la pensée de l'É-ternel! Encore, ne seront-ils chrétiens qu'à moitié, encore blasphémeront-ils sur le martyre du nouveau Christ, comme ils ont blasphémé sur la croix du Fils de Dieu!..,

.... Lorsque je remue la corruption du siècle, lorsque je chiffonne dans la comédie humaine la vie de nos hommes les plus illustres, je trouve dans chacun d'eux sa propre parodie, son géant et son nain, son prince et son bouffon.

L'œuvre du poète est quelquefois sublime. Sa vie est le plus souvent infâme!... Car la pensée écrite a été créée pour masquer une autre pensée plus intime et plus profonde, la pensée de tous les vices, le vice de toutes les aberrations.

Tel auteur qui enveloppe la chasteté de sa muse dans les caleçons de Paméla, engagera ce soir sa palme académique au lupinar d'une prostituée.

Tel auteur qui prêche le jeûne et la tempérance, se couchera ivre mort dans une boue d'occasion.

Celui-ci écrit un évangile. Ses orgies suintent l'a-théisme.

Celui-là chante la Fraternité, sans regrets, sans honte, sans remords, lorsque la veille il poignardait le malheur avec la pointe d'un sarcasme égoïste et méchant.

Ne demandez pas à ces héros du siècle pourquoi le reflet de leurs écrits n'illustre pas la page de leur vie ;

ne leur demandez pas pourquoi et comment leur intelligence chaste et réservée, sublime et profonde, vénérable et sainte, a subi une transformation assez vive pour se réveiller sur le fumier des passions, dans l'égoût des prostitutions populaires. Ils ne sauraient que répondre, ils ne répondront que lorsque la vérité aura fait du salon du monde une chaire de philosophie.

Gardez-vous de siffler le texte de leurs discours, gardez-vous de combattre leur ambition, alors que la vénalité en fait des marchands de contre-marques à la porte d'un parlement ; laissez les poètes et romanciers, romanciers et journalistes s'atteler au char de l'aristocratie, de cette aristocratie qui leur ouvre ses palais, les convie à ses gueuletons, et les fait danser sur ses tréteaux diplomatiques ; laissez-les humbles et rampants, voter avec le courtisan, mentir avec le ministre, valser avec la Maintenon, et boire avec les laquais le sang d'un peuple assez fou pour ne pas loger à Charenton cette cour de ribauds présidée par une prostituée.

L'heure qui passe a son enseignement pour les peuples et pour les rois, et il faut que tous ces acteurs de la scène française, polichinelles remués par une ficelle invisible, donnent au monde le spectacle d'un de ces drames burlesques, où l'homme assassiné par ses œuvres tombe dans l'abîme des révolutions.

Un signe du machiniste, et l'illumination des Tuileries pâlit devant la torche incendiaire d'un Vésuve et le chant nocturne des orgies royales se tait devant le cri du peuple ; cette voie armée d'un million de voix, ce blasphème écumant de rage et de désespoir, cet anathème assez puissant pour rouler sur le cratère d'une nation la lave de vingt volcans.

Et voilà que chaque bastille ouvre son sépulcre à la vengeance des peuples ; et voilà qu'une danse infernale entoure les ossements de vingt générations, reliques de vingt mille familles, souvenirs de vingt millions d'hommes ; et voilà que dans cette carmagnole fantastique de spectres décharnés, des fantômes enchaînés depuis un siècle à la terreur du despotisme font entendre la malédiction des damnés, le cri de guerre et de triomphe, le cri de triomphe et de mort.

Les rois sont exilés, les chartes jetées au vent, le trône brûlé sur la place publique.

La monarchie se fait république, et la république se fait peuple.

Le peuple !... oh ! il a été digne et majestueux dans sa victoire, il a été intelligent et sublime dans son triomphe ; mais le lendemain... le lendemain !.....

Vous le verrez brutal dans sa débauche, grossier dans son ivresse, se coucher sur sa proie comme la bête sur sa victime. Elle a tout mordu, elle a tout ensanglanté, elle a dévoré tout ce qu'elle a pu cacher dans ses entrailles, et maintenant que ses appétits sont impuissants, maintenant qu'elle ne peut plus mordre sans vomir, elle dort la griffe sur sa conquête, comme si ce hochet de son impuissance bien torturé par son caprice d'enfant, bien écorné par sa curiosité d'une heure, ne devait pas, quelques minutes plus tard, redevenir un instrument terrible dans la main des charlatans du siècle !...

.... Sus aux badauds ! Sonnez la curée, mes maîtres ; trempez vos armoiries dans la boue du peuple ; prenez pour devise la devise du peuple ; faites-vous peuple pour une heure... pour une heure seulement, dussiez-vous, au balcon de l'Hôtel-de-Ville, haranguer le prolétariat dans le style des halles, dussiez-vous vous faire un rempart de l'assassinat, dussiez-vous marcher sur le cadavre de la nation pour ressaisir une ombre de pouvoir !...

Criez !... criez plus fort !... hurlez, s'il le faut.... des mots sans suite, des phrases entrecoupées, galimatias sans nom, chaos sans pensée !... Qu'importe ?. . Croyez-vous que ces hommes qui vous écoutent porteront les bornes de votre pouvoir au jalon de votre intelligence ? Hé non ! mille fois non !... Ils augmenteront votre puissance en raison de votre incapacité ; ils vous donneront d'autant plus que vous aurez moins mérité, pourvu que la phraséologie du jour leur jette trois grands mots dont l'avenir leur apprendra la valeur.

Liberté ! liberté ! citoyens.

Vous la trouverez au donjon de Vincennes, dans des cachots mal aérés, dans des prisons humides, dans des casemates africaines, ou sur une paille infecte il vous faudra donner à vos femmes échevelées le baiser de l'adieu, le baiser de l'exil !

Liberté ! liberté ! citoyens.

Vous la trouverez dans votre intérieur entre deux

haies de constables dont le bâton protégera votre retraite ; vous la trouverez au théâtre, à côté de la censure ; sur le Forum, à côté d'une proclamation quelconque ; dans la presse, aux articles incriminés ; au bal masqué, sous le déguisement de la misère la plus hideuse ; à la Morgue, sur le scalpel d'un boucher qui poursuit un diplôme de médecin dans la mutilation de votre cadavre !...

.... Egalité ! égalité ! citoyens.

Le mot est inscrit sur vos prisons, où l'on fait du réclusionnaire le favori du pouvoir, tandis que l'indigence expie à Poissy ou à Melun l'égarement de la misère, le vol d'un petit pain soustrait frauduleusement à l'avarice d'un traiteur. Egalité !... vous trouverez le mot sur vos palais, sur vos églises, sur la grille de vos cimetières privilégiés, sur la porte de vos priviléges et sur le privilége de vos abus ; mais vous ne trouverez la chose que dans la fosse commune, à la voirie, où la cendre de Mirabeau heurte la pourriture du dernier des suppliciés ; dans la tombe... dans la tombe, où l'orgueil de l'homme se couche dans le néant des vanités humaines !...

.... Fraternité ! fraternité ! citoyens... ô comble de l'ironie humaine ! insulte du siècle à la religion ! sarcasme de Satan !...

Ces hommes veulent être frères, et ils s'égorgent sur le sein de leur mère commune. Leur sympathie se nourrit de guerre civile, leur amour de désordre et de sang, leur fraternité de haine sourde et aveugle... d'assassinat prémédité ! ..

.... Peuple stupide, peuple imbécile, comprends-tu maintenant ce qu'il y avait de caché dans le sens mystérieux de ta devise triomphale? As-tu bien pesé la valeur de tes mots cabalistiques? Sais-tu maintenant le prix qu'ils t'ont coûté? Du sang!... du sang... et des larmes!...

Et vous, poètes illustres, pauvres âmes dépopularisées; et vous, journalistes repus, mendiants de tous les gouvernements, hommes de tous les partis, de la gauche et de la droite, girouettes parlementaires, héros du pour et du contre, bouffons démasqués, caricatures clouées au pilori du mépris, avez-vous lu dans les archives du peuple le résultat de votre incapacité ou de votre infamie? Vous êtes-vous assez admiré dans le reflet de vos œuvres pour vous reconnaître un jour, dans l'histoire, sur la page de la réprobation universelle?...

Eclipsez-vous, en Orient ou en Palestine, en Angleterre ou en Suisse, en Belgique ou en Russie, et *de profundis,* un peu de poussière sur votre nom!...

. . . .

. . . .

II.

.... Dans ce monde pulvérisé par la science,
dans cette science pulvérisée par la philosophie,
cherchons une étincelle dont le fluide remonte aux
cieux ; cherchons un astre dont l'influence marque
le pas d'un homme vraiment poète, vraiment désin-
téressé, vraiment vertueux !...

La rareté du fait fait excuser la longueur du style.
Cherchons, cherchons longtemps, et mesurons au
compas de la sagesse le géant que l'Académie n'a pas
osé couronner !...

En vérité, mes amis, ces quarante demi-savants,
dont l'élection doit des suffrages au code des mendiants, ont bien peu calculé la valeur d'une poésie,

3

pour qu'un poète par excellence soit exilé de leur foyer de lumières. Ces hommes qui jugent les autres hommes, cette science supposée qui pèse la science dans le privilège de sa chaste hypocrisie, ont bien peu compris l'intelligence du siècle pour oser braver la pensée d'un monde, pour couronner de leurs jalousies rancunières le front d'un maître, l'hymne d'un philosophe, le chant d'un prophète ! Ils ont adjugé leurs palmes à vil prix, ils ont vendu les lauriers de la nation au rabais de leur conscience, ils ont donné le fauteuil académique au mannequin littéraire, et leur regard, plongeant dans la boue des salons, n'a pas osé s'élever au ciel de la France ; et leur pensée, pâlissant devant la gloire d'un homme, a voulu rayer une immortalité de son enseigne, comme si l'étoile qui perle sur l'azur d'un firmament n'avait pas un rayon de pitié pour ces étoiles d'emprunt qui décorent la boutique d'un fripier.

Oh ! messeigneurs, son nom vous effraie, sa pensée vous tourmente, son souvenir, comme un spectre menaçant, grimace et rit sur vos parodies littéraires, hâtez-vous de coucher dans la tombe cet esprit de tout un peuple, ce génie de toute une nation, cette gloire de tout un monde que la France veut ensevelir au Panthéon de son cœur ; hâtez-vous, car le désert a ses orages, et l'orage aurait dans ses éclairs un anathème assez puissant pour foudroyer les armoiries de votre orgueilleuse réprobation.

Encore quelques années !.. encore quelques jours !.. encore quelques heures !... et Paris s'agenouillera dans Passy, et Passy jettera des cendres sur ses habits de deuil, et la solitude du poète demandera au silence de la tombe l'inspiration de la veille, cette voix bien aimée qui peuplait un désert pour que le désert peuplât la France!

Encore quelques années! et le peuple qui s'attelait au char de son chansonnier favori, traînera le corbillard de son père adoptif!

Encore quelques jours! et nous pleurerons avec le fossoyeur qui creusera sa tombe, avec le prêtre qui la bénira, avec le monde entier plantant dans la poussière d'un homme le rameau d'une immortalité qui deviendra l'héritage des siècles!...

Encore quelques heures!... et Dieu aura rappelé parmi ses prophètes cette voix éloquente et sublime, cette âme inspirée du Christ dans la magnificence de ses inspirations!... Alors nous éléverons notre pensée au ciel ; alors nous chercherons la chevelure vagabonde de la comète improvisée ; mais l'astre aura disparu dans le bouleversement des mondes, et le pélerin ne trouvera plus, dans l'espace qu'il aura parcouru, qu'un livre évangélique endormi sur la religion des peuples.

Brûlerez-vous ce livre, iconoclastes de la pensée, rêveurs effrontés, tribunal de l'inquisition littéraire? Oserez-vous déchirer cette page immortelle qui a pour le pauvre une espérance, pour le riche une parole de charité, pour l'étranger un exemple de dignité nationale, pour la France une pensée d'orgueil, de patriotisme et d'amour, pour tous une chanson dont le couplet a nourri son plus beau vers des larmes de l'exil et du malheur? Dévastez le travail du génie! Pillez le génie de la pensée! Disputez-vous les rayons de ce soleil de vérité! Vous ne volerez jamais sa lumière, parce que Dieu l'a mise au-dessus de vous pour la soustraire aux fureurs d'un égoïsme insensé, parce que Dieu a voulu que le cœur de son peuple, se réchauffant au rayon d'une sublime intelligence, gardât l'empreinte d'un rayon indestructible! Oh! le siècle aura son miroir dans l'héritage du philosophe, et la feuille testamentaire donnera à chacun selon ses œuvres..... à chacun selon ses œuvres, entendez-vous, mes maîtres? Et le peuple sera l'exécuteur des dernières volontés de son poète; et le peuple verra dans vos élégies d'occasion une larme hypocrite arrachée à la discrétion de vos jalousies; et le peuple, vous montrant la griffe du moribond, vous dira dans le style de son roi : Voici ta caricature, Satan! voici ta pensée, Satan! voici ton œuvre, Satan!... Ton enfer écume d'intrigues, de mensonges et de haines! Ton règne est un sacrilège et ta vie une profanation! Tu as menti sur la croix d'un sépulcre, sois maudit dans un blasphême, et que ce blasphême soit assez puissant pour te révéler que le privilège de tes institutions n'eût rien ajouté à la gloire de l'illustre Béranger, le chansonnier du peuple!...

Ô Béranger, grand homme et noble cœur!... Pourquoi ai-je troublé la paix de ta solitude, le calme de ta vieillesse et l'harmonie de ces vertus chrétiennes dont le parfum fait de ton ermitage le jardin d'une bienveillante humanité? Pourquoi t'ai-je apporté le souffle de ces discordes civiles qui réveillent sur ton âme le feu du passé, le souvenir de l'arbitraire et du despotisme?

Pourquoi ai-je jeté dans tes cheveux blancs la cendre de notre corruption et la poussière de nos mondes? Lorsque le suffrage universel te porta sur les bancs de l'Assemblée Nationale, tu dis au peuple avec l'accent d'une bonhomie railleuse : qu'irais-je faire avec mes quatre-vingt ans dans ce tourbillon parlementaire? qu'apporterais-je avec ma pensée simple et pure, avec ma parole franche et naïve, avec ma couronne d'épines, si ce n'est le mot du sage incrusté dans un bon joyeux couplet que tout le monde ne comprendrait pas, parce qu'il ne serait pas de ce monde? Voyez-vous mes amis, j'ai été bercé dans les orages de la vie. J'ai tant souffert! Chaque ronce a déchiré un pan de mon manteau, chaque épine a conservé une laine de ma toison. Consultez Sainte-Pélagie, vous y verrez ma cheminée vieille et grande, ma cellule étroite et solitaire, ma croisée de fer aux bords de laquelle l'oiseau du ciel venait partager les miettes de mon pain, vous croirez y voir mon inspiration gravée sur chaque dalle, se dessiner sur l'ombre de chaque muraille, et vous dire avec mélancolie : Béranger s'est assis là ! Béranger a vécu là ! Béranger a rêvé là ! Béranger s'est endormi dans ce grenier sur une pensée immortelle : le bonheur de son peuple !... La gloire de son pays !

Ouvrez les grilles de la Conciergerie ! fouillez les

entrailles de la Force! partout des vallées de larmes! partout la résignation de l'espérance! partout la souffrance du philosophe persécuté!

J'ai eu foi dans votre amour, mes bons amis! et vous m'avez aimé! j'ai eu foi dans votre intelligence et vous m'avez compris! et vous m'avez donné une liberté glorieuse, une gloire libre et indépendante!

Ma gloire est à mon pays! ma vie vous appartient! mais je vous en supplie, mes bons amis, laissez un pauvre vieillard exiler sa pensée des ambitions du monde! Laissez-moi vous aimer dans la paix de ma solitude! Laissez-moi vous bénir dans le calme de ma conscience!...

Voilà ce que tu dis au peuple, bon Béranger, et le peuple a respecté le silence de ta villa campagnarde.—Pourquoi donc écheveler des souvenirs, alors que ces souvenirs peuvent assombrir ta pensée?

L'aberration d'une pensée coupable m'a roulé sur les bords d'un abîme.

La presse a enseveli mon avenir, et j'ai vu dans *LA CHUTE D'UN POÈTE* la griffe infernale d'un pamphlétaire assassiner lâchement l'honneur d'une famille dont le crime est de m'avoir enfanté.

Je me suis réveillé à Sainte-Pélagie, dans une mansarde qu'une seule cloison sépare de ton grenier.

Là, j'ai converti ma pensée! je me suis inspiré de ton inspiration, et j'ai repoussé loin de moi le mensonge pour chercher la vérité.

Le monde était à mes pieds. Je me suis élevé à Dieu pour lui demander l'intelligence des choses, et

Dieu m'a répondu en exposant la puissance de ta vertu sur la corruption du siècle!

Salut à Béranger! au nom de tous les malheureux esclaves de la fatalité, victimes des destinées! car Béranger a eu pour chacun d'eux une parole de consolation, un regard de pitié.

Gloire à Béranger! au nom de la France, qui, par ma voix offre à son poète le plus illustre un rameau que j'effeuille sur le front d'un noble vieillard!....

Les Cheveux blancs de Béranger.

AIR de *Ma Normandie*, de F. Bérat.

Que sont les larmes du poète?
Que sont les chants du prisonnier?
Des fleurs que verse la tempête
Sur un rivage hospitalier.
O Béranger, quand Pélagie
Cacha ta plume dans ses flancs,
Le vent souffla sur ton génie
L'âge indiscret des premiers cheveux blancs!

Vaine colère et vaine rage!
Ton éclair foudroya leurs feux !
Tu rayonnas dans un nuage
En touchant la harpe des dieux !
Mais, en exil, une caresse
N'arrête pas la faulx du temps :
Le vent souffla sur ta jeunesse
L'ample moisson des derniers cheveux blancs!

O Poëte, vis dans ta gloire !
Tu sus rajeunir nos haillons !
Le peuple a fait de sa mémoire
Un livre ouvert à tes rayons !
La tombe parle aux chairs mortelles,
La vieillesse a des pas tremblants ;
Mais les palmes sont immortelles,
Et nous gardons l'amour des cheveux blancs !

Pauvre captif, lorsque j'effeuille
Un vers d'amour à tes genoux,
Verse un sourire sur sa feuille
Et son parfum sera plus doux !
Noble vieillard, toi, dont j'écoute
Les derniers mots, les derniers chants,
Ah ! que ne puis-je, sur ta route,
Glaner des fleurs parmi tes cheveux blancs !...

Ai-je exprimé ta pensée, ô mon pays ! Et lorsque les larmes du repentir auront lavé le passé, me permettras-tu de chanter ta gloire ou de pleurer sur tes malheurs !... Donne-moi un rayon d'espérance et de consolation, je te donnerai l'inspiration d'un honnête homme. Mon âme est toute dans ces mots. J'apporte mon œuvre à la France. La France la signera et la portera à Béranger, qui l'illustrera d'un pardon ! Que celui d'entre vous qui n'a pas péché me jette la première pierre !.. Pardonnez-moi, car je me repens !.. Pardonnez-moi, afin que l'on vous pardonne !....

Emile FROSSARD.

9 782019 259082